*Dieses bezaubernde Buch ist Teil einer mehrbändigen Reihe, die Erwachsenen helfen soll, die Welt zu verstehen.*

*Die große, gut lesbare Schrift, sorgfältige Wortwahl, häufige Wiederholungen und die durchdachte Kombination von Text und Bild sollen Lesern den Eindruck vermitteln, sie hätten schon viel gelernt. Auch das ausgewählte Thema ist altersgerecht.*

J.A. Hazeley
J.P. Morris

# MIDLIFE-CRISIS

## Ein Handbuch

*Aus dem Englischen von Edith Beleites*

Wenn wir jung sind, träumen wir von einem wundervollen, aufregenden Leben.

Was wollen wir werden? Chirurg? Astronaut? Frontkämpfer? Meeresforscher?

Alles ist möglich.

Bis der Tag kommt, an dem nichts mehr geht.

Martins Midlife-Crisis begann an einem Samstagvormittag im Baumarkt, als er eine Dose Bootslack sah.

*Nie werde ich ein Boot besitzen*, überkam es ihn.

Martin wollte nie ein Boot haben, aber jetzt kann er an nichts anderes mehr denken.

Birte hat ihr Geschichtsstudium mit 2,1 abgeschlossen. Danach wollte sie einige historische Romane über die britannische Königin Boudicca schreiben.

Jetzt hat sie Apfelmus am Ärmel und den ganzen Tag das Klatschspiel gespielt.

Kurt ahnte nichts von seiner Midlife-Crisis, bis ihm auffiel, dass er 25 war, als die Studienanfänger dieses Semesters geboren wurden.

Kurt ist an den Polarkreis gefahren, um Wale zu jagen.

In der Lebensmitte zählt man die Jahre, um gepflegt in Panik zu geraten.

»Unfassbar«, sagt Vivian. »Zwischen dem ersten Album der Beastie Boys und heute liegt fast genauso viel Zeit wie zwischen diesem Album und der ersten LP von Elvis!«

»Bitte, lieber Gott«, schluchzt sie. »Mach, dass es aufhört!«

PRESTO ALLEGRO ANDANTE

Bislang hat Joes Körper immer mitgespielt.

Joes Hemd saß prima, ein Bier ging immer noch rein, Joe wachte rechtzeitig an seiner Haltestelle auf, und das Pinkeln ging ruckzuck.

Jetzt hat sein Körper die Spielregeln geändert.

Philip träumt oft, dass er als Strohpuppe über einem lodernden Lagerfeuer schwebt und feixende Kinder auf ihn zeigen.

»Guckt mal!«, rufen sie. »Was für ein fetter Loser!«

»Verbrennt ihn! Dann haben wir's wenigstens warm.«

Aber er fängt kein Feuer. Nicht mal das kriegt er hin.

Nach seiner Scheidung hat Niko die Familienkutsche gegen ein flottes Cabrio eingetauscht.

Wenn er in zehn Jahren Fotos von sich in seinem Traumauto sieht, wird er begreifen, was für ein fürchterlicher Idiot er war.

Im Krieg hat man keine Midlife-Crisis. Man ist einfach nur froh, noch am Leben zu sein.

In einem Flugsimulator kann man Krieg spielen, mit einer Spitfire Loopings fliegen und sich gegen Aufpreis sogar vom Feind abschießen lassen.

Vielen geht es danach besser.

Pit ist froh, seine Frau verlassen zu haben. Er lässt sich die Haare wachsen und trägt jetzt Cowboystiefel.

Sonst hätte er Mandy nie kennengelernt.

Solange er nichts erwähnt, was vor 1990 passiert ist, seine Plattensammlung versteckt und keinen Infarkt bekommt, klappt es mit Mandy prima.

Als Erwachsener hat man Verpflichtungen und muss die Familie ernähren. Das kostet.

Glücklicherweise verdienen die meisten in der Lebensmitte dann etwas mehr, als sie als Sechsjährige erträumten.

Dieses Geld können sie für all die großen Dinge ausgeben, die sie damals nur als Blechspielzeug kannten.

123 ABC

Katis Jüngster ist letztes Jahr ausgezogen. Jetzt hat sie mehr Zeit für sich und alte Freunde. Einer kam neulich mit Schulfotos vorbei.

*Gott, war ich schön,* dachte Kati, als sie die Bilder sah. Warum hat mir das keiner gesagt?

Kati hat jetzt eine Affäre mit dem Mann aus dem Küchenstudio.

Frank ist fünfundvierzig. Neulich war er in einem Plattenladen. Er hat all die Musik gekauft, die er als Jugendlicher gehört hat. Nur auf CD.

Außerdem hat er die 22-jährige Verkäuferin nach neuer Mucke gefragt. Er hat alles mitgenommen, was sie ihm empfohlen hat, weil er ihre Frisur so scharf fand.

Die neue Musik findet er zum Kotzen, aber nicht so sehr wie sich selbst.

ALLR 801
CBS
COLPIX
RCA VICTOR
HI FIDELITY

Peter hat sich neulich eine Kette mit Haifischzähnen gekauft, Robert den ganzen Vormittag bei eBay für eine Bikerjacke mitgeboten und Charlie letzte Nacht die Triathlons der näheren Umgebung gegoogelt.

Jetzt planen sie, die schon gebuchten Familienurlaube zu kürzen, um stattdessen gemeinsam nach Wacken zu fahren.

»Wir könnten eine Geschäftsreise vortäuschen«, sagt Robert.

Melanie hat alles Mögliche versucht, um sich jünger zu fühlen: Wellnesswochenenden, Pilates, Bauch-Beine-Po, Poweryoga, Aquajogging und eine kurze Affäre mit einem 21-jährigen Praktikanten namens Sören, der einen Legostein als Ohrring trägt.

Jetzt gibt sie auf und denkt über eine ehrenamtliche Tätigkeit in einem Museum nach.

Von dem Geld zum 38. Geburtstag hat Detlef sich ein gebrauchtes Fahrrad gekauft.

Drei Jahre später fährt er auf einem Rad, das teurer war als die Anzahlung für seine erste Eigentumswohnung, bei der Tour de France mit.

Detlef hat allerdings vergessen, was er damit eigentlich beweisen wollte.

23
L'EQUIPE
23

Tom hat die Schnauze voll. Letzte Woche hat er mit seiner alten Band im Vereinsheim ein Nostalgie-Konzert gegeben. Es war schrecklich.

Mit Getränken, Taxifahrten und Babysitter hat ihn der Abend fast 200 € gekostet.

Jetzt verkauft er seine Les-Paul-Kopie bei eBay.

Gerd erklärt seinem Friseur, wie er aussehen will. Ein raffinierter Stufenschnitt, Tönung und vier Produkte für mehr Volumen kommen zum Einsatz. Aber das ist es wert.

Danach sieht es aus, als hätte Gerd volles Haar – wenn auch nur von vorn. Von hinten oder oben, bei direkter Beleuchtung oder Wind funktioniert es nicht.

Marks Partnerin, Tessa, ruft an, weil der Elternabend länger dauert.

"Warte nicht mit dem Essen", sagt sie.

Mark legt schnell auf und hat ein schlechtes Gewissen. Dabei kann Tessa gar nicht wissen, dass er sich die letzten drei Stunden bei Facebook Fotos früherer Mitschülerinnen angesehen hat.

Susi ist beim Friseur.

Sie will gut aussehen, weil sie sich heute zum ersten Mal nach langer Sendepause mit ihrer Tochter trifft, bei einem Rave unter einer Eisenbahnbrücke.

»Bitte blau färben«, sagt sie und überlegt, welcher BH ihr neues Tattoo am besten zur Geltung bringt.

Auf dem Rückflug von einem Männerwochenende in Amsterdam wird bei Claus Marihuana gefunden.

Die Zollbeamten sind halb so alt wie Claus.

Das letzte Mal, dass Claus Marihuana bei sich hatte, ist zwanzig Jahre her.

Elke ist vierzig und kinderlos. In Bars und Clubs trifft sie sich mit Leuten, die zehn Jahre jünger sind. Fotos, die sie von sich auf Instagram postet, bearbeitet sie mit aller Sorgfalt.

Bald wird sie sich eine Katze zulegen.

Bernd ist erschöpft. Heute ist er sechs Kilometer gelaufen und fünfzehn Kilometer Fahrrad gefahren, war im Zumba-Kurs, hat mit seiner Sekretärin geflirtet und sich abends im Internet über Früherkennung von Krebs und Diabetes informiert.

Um drei Uhr morgens wird er aus einem Albtraum aufschrecken, in dem ein 23-jähriger Uniabsolvent seinen Job übernimmt. Fürs halbe Gehalt.

David hat von seiner Abfindung das lauteste Motorrad gekauft, das er finden konnte.

Auf dem Weg zu dem Archiv, wo er privat Ahnenforschung betreibt, hat er getankt.

»Schließlich lebt jeder nur einmal«, sagt er und zwinkert der Blonden auf dem Moped zu.

Die Blonde lächelt zurück. David erinnert sie an ihren Vater.

33
BSA

Titel der englischen Originalausgabe:
»The Ladybird Book of The Mid-Life Crisis«


Textredaktion: Doris Engelke, Frankfurt am Main
Umschlaggestaltung: ZERO Werbeagentur, München
Einband-/Umschlagmotiv: © Ladybird Books Ltd, 2015
Die Zeichner: Martin Aitchison, John Berry, David Carey,
Frank Humphris, Kenneth Inns, John Kenney, B.H. Robinson,
Harry Wingfield, Eric Wionter, Gerald Whitcombe
Satz: Helmut Schaffer, Hofheim a.Ts.
Gesetzt aus der Myriad Pro
Druck und Einband: L.E.G.O. S.p.A

Printed in Italy
ISBN 978-3-431-03970-2

2 4 5 3 1

Sie finden uns im Internet unter: www.luebbe.de
Bitte beachten Sie auch: www.lesejury.de